KB074362

춤추는 아바타

춤추는 아바타
ⓒ 이순자, 2022

1판 1쇄 인쇄 | 2022년 10월 24일
1판 1쇄 발행 | 2022년 10월 28일

지 은 이 | 이순자
펴 낸 이 | 이영희
펴 낸 곳 | 이미지북
출판등록 | 제324-2016-000030호(1999. 4. 10)
주   소 | 서울특별시 강동구 양재대로122가길 6, 202호
대표전화 | 02-483-7025, 팩시밀리 : 02-483-3213
e-mail | ibook99@naver.com

ISBN 978-89-89224-57-0   03810

* 잘못 만들어진 책은 구입한 곳에서 바꾸어 드립니다.
* 저작권법 보호를 받는 저작물이므로 무단 전재와 복제를 금합니다.
* 이 시조집의 내용을 사용하려면 저작권자와의 이미지북의 동의를 얻어야 합니다.

이 책은 2022 다이나믹 익산 아티스트 지원사업으로 출판비를 지원받았습니다.

이순자 시조집

춤추는 아바타

이미지북

걸음이 느려졌다.

서둘러야 할 이유도 없다.

andante, andante, andante……

내가 나와 관계하고 싶을 때 詩를 쓴다.

헝클어진 생각들을 주섬주섬 모은다.

허접한 변명을 늘어놓을지라도

시는 거울처럼 선명하게 나를 비춘다.

그저 그냥 좋다.

참 좋다.

2022년 가을

이순자

춤　　추　　는　　　　　아　　바　　타

제2부 | 사랑을 말하고 싶지만

제3부 | 시간이 길을 묻는다

제4부 | 501호, 그 女子

제5부 | 집 없는 음표들을 그려놓고

생각이 생각을 따라가고

매미

매미 소리 파랗게 여름을 읽는다

세상에 나왔으니 짝을 찾아 찌르르르

한평생 후회 없이 살자고

쉬지 않고 외친다.

오늘은

오늘, 나는 내가 도통 맘에 안든다.

생김새도 그렇고
생각도 그렇다.

어쩌다 사진을 찍어 봐도
표정조차 낯설다.

길을 가다 우연히 슬픈 얼굴 스쳐갈 때

거울 속 나를 닮은
축 늘어진 눈꺼풀

어쩌면 감출 수 있을까
눈을 감고 웃는다

춤추는 아바타
-김상태 작가의 댄스생활

어느 날 거울 속에 비춰진 내 모습은
팔 하나 오그리고
발걸음 삐딱해도

얼굴이 조금 일그러져도
나는, 나는
울지 않아

아바타가 사는 이유

초라한 내 기분을
들키기 싫은 거야

웃음도 화장하고
언제나 새 옷 입고

그림자
보이지 않게
나타나는 주인공

오늘의 아바타

예쁘고 아름답고 그랬으면 좋겠어

꽃처럼 웃는 얼굴
볼수록 기분 좋은

언제나 늙지도 않고
당당하고 매력 있는

어느 화가의 방

개망초 그리다가 민머리 되어 가고
은빛 머리 빗질하는 눈 맑은 옆지기와
어느새 희수喜壽를 향해 가는
절룩이는 발걸음

굽이굽이 고갯길에 온갖 시름 떨구고
흘러간 사랑 노래 오후를 지나갈 때
리모컨 볼륨을 올리며
바람의 말* 듣는다

* 바람의 말 : 마종기의 시.

독백獨白

내가 주인일까 그것이 주인일까
그것이 주인이면 나는 무엇일까
목소리 나지막하게
소곤대듯 묻는다.

몸부림을 치면서 얼마나 헤맸기에
나는 나를 잊고서 잊은 줄도 모르고
저만치 떠난 세월 더듬어
내 이름을 부른다.

불면不眠

나의 머릿속에는 생각이 걸어 다닌다.
눈을 감고 누우면 말을 걸어온다.
어찌나 할 말이 많은지
밤을 새워 지껄인다.

길고양이 발소리는 자정을 지나가고
새벽이슬 밟으며 지저귀는 새소리
생각이 생각을 따라가고
물음표가 기어가고.

길 위에서

어디서 어디로 떠났던 것일까
어디서 어디로 돌아가는 것일까

떠나고, 돌아가는 길
다른 방향
같은 길

시시한 詩

나는 왜 사는가?
증명하고 싶었다.

정답은 아직 멀고
변명만 빼곡하다.

그래도 살아가는 동안
반복되는 물음이었다.

時時하다 詩詩하다 고쳐도 시시하다

웃던 일, 울던 일, 지내보니 그냥 그 일

허투루 살지는 않았다고 변명 하나 보탠다.

나에게 말 걸기

누구와 어떻게 관계하고 살았는가

언제 어디서 무엇을 하였는가

내 삶은, 내가 소통한 만큼
이어지는 선물이었다.

나이를 먹을수록

거울도 카메라도 점점 무서워진다.
눈꺼풀 내려오고
주름은 깊어지고

세월은 성급하게 달린다
발걸음은 느려지고

울고 싶은 날

아기가 태어날 때 반겨주던 울음소리
살다보니 울음은 슬픔의 표현되고

이제는, 소리쳐 울고 싶은 날
두 눈 감고 누워 본다

소소한 운세

성급한 결론은 내리지 마십시오
반가운 소식이 올지도 모릅니다
주변을 잘 살펴보세요
후회하지 않도록

힘들다고 피하거나 외면하지 마세요
뜻하지 않은 일로 어려움을 만나도
언제나 바쁜 일상 속
스쳐 가는 한 생각

작은 일에 일일이 반응하지 마십시오
그 어떤 고통도 경험으로 지나가고
기회는 꼭 찾아옵니다
포기하지 마세요

반추反芻

시누이 얄밉다고 큰 소리로 떠들다가
내 모습 돌아보니 탓할 이유 없더라
살면서 원망하던 일
거울 속의 내 그림자

충동 반응보다는 긍정을 선택하고
시간을 돌이키며
미안하다
고맙다

살다가 어떤 이유로든
그럴 수도 있다고

제 2 부

사랑을 말하고 싶지만

장날, 어물전에서

삼십만 모여 사는 도시의 5일장에
어물전 조기 명태 동그란 눈동자가
방사능 걱정을 한다
안전하지 않다고

후쿠시마 원전 사태 못미더운 수산물
국산으로 둔갑시켜 가격을 올려놓고
도무지 안 팔린다고
울상이 된 장사꾼

경제를 탓하다가, 정치를 욕하다가
어지러운 살림살이 운명을 끌고 와서
오늘도 흥정을 한다
덤을 얹어 준다고

서초대첩

우리가, 우리가 촛불을 들고 옵니다.

서초역 네거리에 빼곡히 모인 인파

여러분 안녕하세요?

검찰개혁 외칩니다.

사월愛

창을 열면 따사로이 꽃바람 스며오고
꽃눈 뜨는 꽃가지에
바람이 지나가고
물 위에 꽃잎 떨구며
돋아나는 연초록

불현듯 잠이 깨어 흐르는 개울물이
목청을 가다듬고 외치는 노랫소리
세월아 쉬었다 가렴
꽃그늘에 앉아서

새하얀 도화지에 그 사연 그려볼까
한적한 간이역에 잠이 든 추억들을
가까이 불러 모아서
동그랗게 색칠한다.

엄마 옆에서

당신을 바라보면 가슴이 먹먹해요

어쩌면 이렇게도 할 말이 없을까, 말줄임표 길게
찍고 '미안해요' 그 말 뿐!
사랑을 말하고 싶지만 잘못한 일 하도 많아서

지나간 세월 모두다
초기화를 했으면······

밤 기차를 타고

기차가 어둠속을 바쁘게 달려간다
자식을 기다리는 엄니 얼굴 달려온다
걸음도 아이처럼 걷고
침도 가끔 흘리시고

기차가 요란하게 신음하며 달려간다
삭신이 아프다던 엄니의 슬픈 눈빛
오 헨리, 마지막 잎새
나도 한 장 그려본다.

기차가 쉬어가는 간이역 불빛 사이로
길 떠나는 사람들의 뒷모습 바라보며
말 없는 더듬이를 세우고
승차권을 가늠한다.

코로나19가 들려주는 말

돌아보면, 그동안 말이 너무 많았나?
입 다물고 문이 닫혀도 가만히 귀를 열고
두 손은 흐르는 물에
닦고 닦고 또 닦고

어려운 일 생기면 민낯이 드러나지
화를 내는 사람 있고
돈을 내는 사람 있고
나처럼 발 동동 구르며
할 말 잃은 사람 있고

원망도 불평도 도움 될 리 없다고
가던 길 멈추고서 찾아오는 한 생각
배우며 헤쳐 나가자
허튼 습관 바꿔보자

병원, 코로나19

해외나 타 지역에 다녀온 적 없나요?
간호사는 습관처럼 방문력을 묻는다.
병원은 비상사태다
열도 재고 소독하고

접수처도 진료실도 마스크를 덮었다.
어디를 갔었는지 천천히 더듬어 본다.
체온이 정상이라 해도
불안수치 상승중

한가위, 코로나19를 이기는 법

조상님의 산소에 형제들 둘러앉아

송편을 나눠 먹고
햇밤 서로 나누고

추석빔 그렇게 나누며
아쉬움을 달래며

그동안 잘 지냈나?
아픈 데는 없었고?

부모님 하시던 말씀
서로 묻고 대답하는

그렇게 웃는 얼굴로
팬데믹을 이긴다

머물다 떠난 자리

휴가 온 아들 군복 걸려있던 자리가
얼마나 얼마나 허전했는지 몰라
그 후로 습관이 되어버린
그리움의 빈자리

송편을 빚으면서 추석을 함께 하고
달빛과 노닐다간 사랑스런 그 얼굴이
머물다 떠난 자리는
언제나 쓸쓸하다

감나무가 말했네

세를 든 시골집의 창문 옆 감나무가
입추 무렵부터 감잎을 떨구는 사연
떫은 감 잘 익으라고
햇빛 비춰 주려고

바람이 부는 날은 바람 불어 좋은 날,
한낮의 무더위는 느릿느릿 지나가도
늦가을 무서리 내리면
맛도 향도 익는다고

햇빛도 비바람도 불평하던 나에게
가지 끝에 남아서 된서리도 견디며
빨갛게 단맛이 들기까지
순응하였다 말했네

감나무집 할머니

할머니는 오늘도 파리채를 들고 있다

"개떡을 갖다 줘서 맛있게 잘 먹었소"

어쩌다 건네준 개떡 몇 개
"고마워서 어쩌나"

소녀처럼 웃고 있는 미수米壽의 눈가에는
감꽃이 떨어지고 모란꽃 활짝 핀다

"할머니, 건강하게 사세요"
"오래 사닝께, 심심혀~"

이삿짐을 풀며

고층 아파트 살다가
공동주택 비워 놓고

열네 평 단독주택
장독대도 있는 집

책갈피 빼곡히 세운
시집들과 살아보자

서두르지 않았는데
천천히 걸었는데

등단 나이 25년 차
몸 나이 환갑 되더니

살다가 손때 묻은 것들만
짐이 되어 따라왔다

노인 일자리

동네 어르신들 일자리 나가시면
도로포장 하겠나, 고작해야 길목 청소
골목길 쓰레기 줍기
공원 벤치 쓸고 닦고

소일거리 만들어서 용돈벌이 도와주면
손주들 찾아올 때 어깻심 잡아보고
어쩌면 고독사 방지되고
또래끼리 의지하고

고령사회 복지정책 갈 길이 아직 멀다
복지사 월급 주고 집집마다 방문해도
이보다 더 좋을 수 없다
차버리면 안된다.

대기업 세금 감면 17조 원 메꾸려고
그건 그냥 복지인데 그 돈을 삭감하다니
심각한 노인빈곤율
웃자라는 근심 걱정

겨울이 찾아온다

때로는 간절히 기다리던 그 계절
배고픈 줄 모르고 혼자 놀던 눈사람
이제는 생각만 해도
시린 바람 스쳐 간다.

아무도 모르도록 복잡한 비밀번호
어떻게 알았는지 현관문이 열린다
이제는 기다리지 않아도
주인처럼 찾아온다

영화, 까미유끌로델

−로댕을 사랑한 여자

여자라는 이유로 죄가 되는 운명은
불꽃같은 사랑도 가둬버린 정신병원
다시는 세상 밖으로
나올 수가 없다는

울고 소리치고 편지를 띄워봐도
세월의 수레바퀴 삐걱대며 굴러가고
무연고 주검 속에서
살아남은 그 이름

그날의 비둘기

횡단보도 한가운데 꽁지 뜯긴 비둘기

날개 한쪽 상처 입고 안절부절 뒤뚱대고
목숨을 위협하며 차량들 질주하고
수은주 자꾸 내려가고
함박눈 펑펑 내리고

긴
긴
밤
외로웠나보다
비둘기가 죽었다

어떤 인연

이제는 더 이상 미워하지 않기로 한다
얼룩진 기억들과 남겨진 흔적조차
모두 다 경험으로 남기고
소멸시효 보낸다.

탈 없이 걱정 없이 산다면 재미없지
고난도 즐거움도 나타나고 사라지고
흘러간 세월의 언저리
모질고 아픈 성장통

몹시

하얀 목련 꽃봉오리 찻잔에 띄워본다.

옹이로 남아 있는
이별의 아픈 상흔

뜨거운 눈물이 되어
꽃향기로 울었다.

월정사에서

골치 아픈 일이라도 걱정하지 마세요
마음이 어두울 땐 생각을 내려놓고
주위를 둘러보세요
도량을 걸으면서

스치듯 웃는 얼굴 어린아이 같아요
태산 같은 고뇌여도 법당에 엎드리면
저 구름 흘러가듯이
업보마저 닦입니다

다소곳한 옷맵시, 향기 품은 그 자태
지나치는 인연도 마음이 끌리는지
속마음 다독여주는
다정하던 그 눈빛

추풍령

비 오는 추풍령에 발걸음을 멈춘다.
지천명, 그 세월 쉬어가는 바람인데
웃으며 내밀던 커피
쓴맛으로 남았다.

한 번도 단 한 번도 기대하지 않았던 길
때때로 그 고개를 따라가고 끌려가고
눈보라 길을 막던 날
사진 한 장 서 있다.

장마

얼마나 먼 길일까
짐작 못 할 간격에서

어찌하면 좋을까
몸살감기 왔는데

하루가 천년 같다는
그 목소리 애처롭다.

날마다 뒤엉키는
장마철 일기예보

내 걱정은 하지 마
그리움을 감추며

온종일 검은 하늘이
소나기를 퍼붓는다.

시어머니

"나는 가끔씩 웃는 니가 보고잡드라
전화번호 잊을까봐 글씨 크게 적었다
어쩌다 전활 걸거든
귀찮아도 받아도고"

팔순의 시어머니 삼백 리 길 아들 집을
멀미도 싫다 않고 추풍령을 넘을 때
"아부지 살았으믄 좋을걸
경치가 참 좋구나"

통풍으로 아픈 다리 침놓고 뜸도 뜨고
음악분수 춤을 추는 공원길을 걸었다
자판기 커피 한잔 비우며
"국화꽃이 니 닮았네"

추어탕 한 그릇도 현미밥도 구수하다.
가지나물 생선 부침 깨끗이 다 비우고
"느그집 텔레비전은
아나운서 첨 본다"

꽁치찌개

내장을 들어내도 쓴맛이 남아 있는
그 생선 왜 먹는지 알 수가 없었는데
묵은지 밑동 잘라놓고
자글자글 끓고 있다

어물전 지날 때면 길게 누운 너를 보며
숱하게 살아나던 애증도 사위었나
아득한 편린片鱗이 되어
기억 속에 숨는다

이제는

은행잎 되고 싶다
늦가을로 떨어지는

바람이 부는 날은
바람이 되고 싶다

서낭당
돌무더기에
돌멩이로 놓여도

교차로를 지나며

어색한 방향으로 바퀴를 굴리면서
서로 엇갈리는 생각들이 지나간다
이정표 따라가고 있지만
까닭 없이 낯설다

촉촉한 눈빛으로 더듬이를 세우고
브레이크 발판을 천천히 확인하며
시간이 길을 묻는다
대답조차 없어도

길가의 가로수를 지나치듯 그렇게
무심히 살아온 기억들이 떠난 자리
섣불리 말 못할 사연이
쉼표 하나 놓는다

사랑의 방정식을 풀다

사랑은
미움도 원망도 포함한다.
사랑의 반대말은 무관심, 그 잔인함
분노는, 너무 힘들었어
답답했던 나날들

미안해요, 용서해요, 고마워요, 사랑해요
어려운 말 아닌데 왜 그렇게 몰랐을까
이제는 말할 수 있어
사랑해서 미안해

틍퉁따

나는 '쿵쿵따'라 말하고 있었는데
'틍퉁따'로 들려오는 어눌한 내 말소리
아니야, 이게 아닌데
말려드는 혓바닥

말더듬이 되었는지 어색하고 답답하고
'너, 지금 하는 말이 자꾸자꾸 꼬인다'
잠시 후 수화기를 들고
다시 해도 '틍퉁따'

할 말이 많았는데 발음이 비껴간다
문장부호 사이로 생각이 앞지르고
확인된 MRI 사진에는
당황스런 진단명

내 말을 바꾸어서 들을 수도 있었겠다
그 사람 그때 그 말 제대로 들었을까
천천히 반추해 본다
말 줄임표 찍으면서

새신을 신으며

아침에 일어나서 새신을 신어본다

사랑스런 발가락 가지런히 들어가고

남보다 넓은 발볼이 주춤대며 앉는다

길들이지 않아서 조여드는 이 느낌

내딛는 발걸음이 처음처럼 서툴다

오늘은 낯선 거리로

천천히, 다시 천천히

제 4 부

501호, 그 女子

501호, 그 여자
―꽃차

선생님, 오늘은 꽃차 한 잔 주실래요?
꽃다발 주문하고 꽃차가 우러날 때
그 여자 가슴 속에는
꽃씨 하나 싹이 튼다

501호, 그 여자
-손톱

오래 전에 시작된 사소한 습관 하나
가끔씩 때때로 손톱 끝을 깨무는
어쩌면 한결같은 행동
오십 년을 넘겼나봐

설명하기 어려운 아홉 살 어린 나이
부끄러운 사건은 고개를 숙인 채로
날마다 깨물었나봐
아픈 줄도 모르고

수치심에 갇혀서 문드러진 손끝에
분홍빛 매니큐어 꽃잎처럼 수놓고
'괜찮아, 네 잘못이 아니야'
속닥이며 웃는다

501호, 그 여자
―사진

한복을 곱게 입은 사진을 내려놓고
줄을 긋는 칼끝이 섬뜩하여 멈출 때
손잡고 웃고 있는 너
말이 없는 그 여자

어금니 앙다물고 인화지를 벗긴다
모서리도 빈틈없이 달라붙은 접착제
내 얼굴 작게 도려낸다
저고리도 오린다

일기장에 누웠던 조각난 기억들
옷고름 풀어 놓고 히죽히죽 웃더니
완납된 채무변제 증명서
택배상자 꾸린다

삶은

들숨
날숨
그리고 그 사이
누굴까

나는 가만히 두 눈을 감는다

가끔은
멈추고 싶지만
굴러가는
그것

새

오후의 창가에는 새들이 모여든다

무슨 일 있었는지 할 말이 너무 많아
후렴구 도돌이표를
쉬지 않고 노래한다

혼자서 재잘대다
친구와 수다도 떨고
아무리 들어봐도 지지배 지지배배
고달픈 새들의 사연
나뭇잎은 알고 있다

콩레이

불필요한 외출을 삼가 주십시오
산사태 상습 침수 저지대 위험지역
안전에 유의하세요
반복되는 뉴스 속보

두근두근 두려움이 창문을 흔들고
쏟아지는 빗소리 걱정을 몰고 온다
저만치 산을 넘는 바람
부서지는 천둥소리

세찬 비바람은 휘파람 불고 불고
꼿꼿한 나무들도 온몸을 휘청 이듯
내 인생 예고 없는 태풍
성장통을 앓는다

*콩레이 :2018년 제25호 태풍.

도라지꽃 피다

한 송이 도라지꽃 하얗게 피었구나
그 계절 무더위를 혼자서 견디면서
메마른 눈물 머금고
고개 숙인 나날들

괜찮아, 쓸쓸해도 나는 울지 않아
바람만 쉬어 가는 한적한 길가여도
내일은 온몸이 젖도록
가랑비가 올 거야

오늘의 운세
−천만 송이 국화축제

일이 복잡해져도 당황하지 마세요
해답은 의외로 간단할 수 있어요
잠시 후 다시 시도해 주세요
공부 운이 왔네요

가을 향기 취하는 천만 송이 국화축제
꽃길을 걸으면서 꽃차를 마십니다
그래요, 그런 날도 있네요
꿈속 같은 그 공원

스치는 사람들도 반가운 이웃 되고
잊혀진 이름조차 한 송이 꽃이 되고
집으로 돌아가는 길
꽃향기가 따라와요

가을 일기

노오란 들길에 코스모스 피었습니다
억새꽃 촉촉이 아침 이슬 머금으면
내 마음 구름을 타고
여행을 떠납니다

뜨겁게 쏟아지던 그 햇살 물러가고
서늘한 바람이 골목을 쓸고 갈 때
불현듯 친구처럼 찾아와
손 내미는 외로움

울 밖 감나무의 얼굴이 붉어지면
내 안의 그리움은 사과처럼 익습니다
비 갠 뒤 쌍무지개 떴습니다
감사할 것뿐입니다

가을이 간다

노란 은행잎이 편지함에 쌓인다
긴 여름 울던 매미 애타는 그 마음을
바람에 실어 보내는 사랑의 엽서일까

하얗게 식어버린 애증의 흔적처럼
창백한 하현달이 허공에 걸려 있다
그렇게 가을이 간다
그리움도 떠난다

가을비

가을비가 내린다 꽃단풍 얼굴마다
귓가에 속삭이듯 간지러운 몸짓으로
나무는 옷을 벗는다
사람 없는 길가에서

희미한 안개처럼 담배연기 토해 내며
사는 게 지랄이야, 혼잣말 지절대듯
바람은 높은음자리표를
그리면서 지나간다

일기예보

  내일은 낮에도 영하권이 많겠습니다. 내린 눈 얼어 붙은 길 시간이 미끄러지고 날씨가 추운 관계로 고향 안부 묻기 바랍니다.

  텅 빈 아궁이에 생솔가지 태우면서 매운 눈물 뜨겁게 흘리시던 어머니, 그 날이 바람 속에서 뜨개질을 합니다.

  온 가족 모여 앉아 깔깔대던 웃음소리 문풍지 흔들면서 담장을 넘었건만 이제는 형광등 불빛 밤 깊도록 환합니다

흰 눈

사는 일 하도 갑갑혀서 까막눈 면할라고
국어 공부 산수 공부 삐뚤삐뚤 적었어야
그때는 알 것 같은디
집에 오믄 컴컴허다

칠순 넘긴 울 엄니, 호미질 까칠한 손
경로당 글방에서 몽당연필 손에 쥐고
과제장 펼쳐 놓은 밤
소복소복 쌓이는 눈

나는 왜

학교 문 앞에도 못 가 본 어머니는
과제하는 내 옆에서 양말을 기우셨죠
얼마나 답답했으면 기역 니은 물으시며

그 나이가 될 때까지 학교를 왜 안 갔냐고
글을 묻는 엄마를 귀찮다고 짜증낼 때
구겨진 종이에 적은
당신 그 이름 석 자

삼십여 년 지나도록 김치를 담그면서
요리책을 들추고 인터넷 뒤져봐도
나는 왜 그 맛이 안 날까
엄마에게 묻고 또 묻고

겨울 소묘

커튼을 걷어 올리는 아침 산 까치 소리
반가운 손님처럼 눈부신 골목 풍경
바람은 살갗을 찢어도
햇살 멀리 퍼진다

한낮 기온 영하 5도 창문 굳게 걸었지만
온종일 쉬지 않고 돌고 도는 보일러
빈 방에 고장 난 시계
더듬더듬 기어간다

제 5 부

집 없는 음표들을 그려놓고

봄, 그 아침

목련꽃 떨어지고
떡잎을 내밀던 날

하얀 바람 창문 열고
서성이는 그 아침

때로는 역방향으로
달려보고 싶더라

그리움에 대하여

바퀴벌레 한 마리가 벽을 타고 걸어간다
올라가고 내려가고 옆으로 기어가고
잰걸음 멈추고 서서
고개 들어 뒤를 본다.

삼백리 길 내달리던 보고 싶다는 그 말
핸드폰 송신음이 온종일 숨을 끊고
오후의 길쭉한 손가락
목덜미를 쓸어본다.

봄날에

꽃잎이 시드는 흔적
속눈썹
엷기만 하다

불어오는 바람
시린 살갗을
부비고

담장 밑
노오란 민들레
소풍 나온 햇살아

후조候鳥[*]의 노래

강마을 바라보던 발걸음은 느려지고
텅 빈 가슴 가득 출렁이는 강물소리
숨소리 길게 내리며
꽃가지를 흔든다.

물비늘에 부서지는 그리움은 편편이 젖어
날갯짓 펼치면서 춤사위를 고르더니
살포시 꽃잎 떨구어
강물 위로 눕는다.

*후조候鳥 : 떠나야 할 때 무리와 함께 떠나지 못하고 남은 철새를
이르는 말.

입추

눈감은 모빌들이 바람 속을 걸어간다

한낮의 웃음소리 썰물처럼 밀려가고

초저녁 반달로 떠서

뒤척이는 그리움

만추晚秋

가을비에 젖은 바람 손님처럼 찾아오고

메마른 작은 손이 목덜미를 문지른다.

빈방에 전화기는 혼자

풍금소리 울린다.

느티나무 그늘에서

왁자지껄 울던 매미 땡볕 아래 잠잠하고

누웠던 기억들이 도란도란 속삭인다

능소화, 툭 떨구는 소리

노루잠을 깨운다.

어떤 오후

길섶에 줄지어 선
소루쟁이, 엉겅퀴꽃

백수* 선생 시조 얘기
귀 기울여 듣고 있다

바람도
거기 앉은 바람은
입맛 쩝쩝
다신다

*백수白水 : 정완영 선생님의 호.

낮달

툇마루 걸터앉아 공책을 꺼내놓고

얼마만큼 잔 것일까

주먹 쥔 손 눈 비빈다

창백한 그림자 하나

사립문을 들어선다.

오후의 박하향기 몰래 마실가고

목 쉰 쓰르라미 가을을 재촉하던 날

오일장 푸성귀 사러 간 엄니

고샅길로 마중 간다.

항아리

막내 시집보내고 엄니는 근심을 덜었다
그리움 차곡차곡 메주를 더 빚으시며
그 손길, 따스한 숨결로
한 줌 햇살 내린다.

온종일 허리 굽혀 묵정밭 추스르고
먼 들길 지나온 바람
품에 안고 웃는 당신,
이마에 주름 깊게 패여도
아무것도 아니다.

살다가 힘이 들 때,
썰물처럼 허물어질 때,
사뭇 아침을 깨우는
엄니의 말간 된장국
장독 뒤, 숨은 세월이
채송화를 피운다.

아버지의 집

할미꽃
패랭이꽃
마당 가득 옮겨 심고
텃밭에는 참외 수박 가지런히 익어가고

감나무 얼굴 붉히며
동네 어귀 내다본다.

저녁 강 3

휘파람 불며 불며
휘파람새 지나가면

고단한 기억들도
사소한 습성마저도

어쩌면
노래로 실려
강물 따라 흐른다.

그리움의 시첩 4

섬진강 강줄기는
매화꽃 틔웠더니

노오란 산수유꽃
수선화
개나리꽃

천지가
꽃밭이 되면
울고 싶은
내 마음

겨울의 강 4

호롱불 밝혀두고
섣달그믐
밤 깊은 날

눈썹이 희어질까
불러오던 추억처럼

철새는
짝을 지어서
도란도란 지샌다.

일상적 언어를
시적 언어로 승화시킨 언어의 연금술사
-이순자 시인 작품론

정진희_ 시조시인, 한국문인협회 익산지부장

시인을 한마디로 정의 할 수 있을까? '어떤 일을 되풀이하며 음미하고 생각하는 것'을 일컫는 반추, 이순자 시인을 '반추의 시인'으로 정의하고 싶다. 하늘을 우러러 한 점 부끄러움이 없는 삶, 그 삶을 향한 지속적인 자기 성찰이 작품 속에 녹아 있기 때문이다. 연민의 마음, 주위를 보는 따뜻한 시선도 한몫한다. 가식적이지 않고 진실하고 소탈하게 친숙한 언어를 자유롭게 구사하는 시인이다. 이순자 시인의 작품에는 홀로 자신을 찾아가는 구도의 과정이 있다. 의연하게 그 길을 걸어가는 이순자 시인을 따라가 본다. 사람들이 구사하는 일상적 언어를 시인이 어떻게 시적 언어로 끌어올려 누구나 쉽게 이해할 수 있는 작품으로 시적 완성도를 높일 수 있었는지 살펴보고자 한다.

시인은 오랜 필력을 가진 단단한 시인이다. 시조집은 이번 시집까지 모두 3권이다. 시집의 제1부·제2부·제3부는 신작 시조로, 제4부·제5부는 선집으로 구성되어 있다. 제1부에는 아바타를 시적 대상으로 한 작품 「춤추는 아바타」와 「어느 화가의 방」 「나에게 말 걸기」 등이 있고, 제2부에는 주변을 향한 따뜻한 시선들을 시적 대상으로 하는 「장날, 어물전에서」, 「서초 대첩」, 「감나무가 말했네」, 「감나무 집 할머니」 등이 있다. 제3부에는 친숙하고 쉬운 언어로 자신을 반추하는 시조 「추풍령」, 「시어머니」, 「꽁치찌개」, 「퉁퉁따」, 「새신을 신으며」 등이다. 제4부에는 엘리베이터가 없는 다세대 주택 501호에 살면서 두 번째 시조집 『501호, 그 여자女子』를 발표하였다. 이들 작품은 시인이 자신의 일상을 반추하면서 지금까지 걸어온 인생의 길을 돌이켜보는 동시에 앞으로 걸어가야 할 새로운 길을 제시하고 있으며, 어려운 구도의 언어가 아닌 일상적인 언어를 어떻게 시적 언어로 바꾸어 표현했는지 알 수 있다. 제5부에는 첫 시조집 『집 없는 음표들을 그려놓고』에 발표한 작품으로 독자들의 사랑을 받았던 시편들을 가려낸 것으로 알고 있다.

1. 시인은 무엇으로 소통하고 있는가

어린아이는 울음이 소통의 도구이다. 배가 고플 때도, 잠을 자고 싶을 때도, 아플 때도 운다. 그렇게 인간에게 시작된 소통의 방법은 말(언어)로 이어진다. 그렇다면 시인은 무엇으로 소통하고 있는가? 시인은 자신의 생각을 말이 아닌 시로 세상과 대화의 통로를 연결한다. 아픔도 슬픔이나 기쁨도 시로 표현해서 공감을 준다.

매미 소리 파랗게 여름을 읽는다

세상에 나왔으니 짝을 찾아 찌르르르

한평생 후회 없이 살자고

쉬지 않고 외친다.

－「매미」 전문

  매미의 울음을 통해 인생을 후회 없이 살자고 외치는 작가의
소리가 들리는 작품이다. 시조 종장의 미학적 특징이 잘 드러난
작품이기도 하다. 설마 매미가 한평생 후회 없이 살자고 쉬지 않
고 외치겠는가? 시인은 매미를 통해 교훈을 말하고 있다. 이 작
품 어디에서도 어려운 말은 없다. 비틀어서 보아야 할 시적 장치
도 없다. 그러나 종장의 메시지는 상당히 강렬하다.

오늘, 나는 내가 도통 맘에 안든다.

생김새도 그렇고
생각도 그렇다.

어쩌다 사진을 찍어 봐도
표정조차 낯설다.

길을 가다 우연히 슬픈 얼굴 스쳐 갈 때

거울 속 나를 닮은
축 늘어진 눈꺼풀

어쩌면 감출 수 있을까
눈을 감고 웃는다

－「오늘은」 전문

'오늘, 나는 도통 내가 마음에 안 든다'라고 시적 화자는 고백한다. 독자인 나도 그렇다. 거울을 보다가 문득, 나이 들어가며 변하는 모습에 슬프기도 하고 놀랍기도 하다. 자신의 얼굴을 거울로 비춰보거나 사진을 찍다가 스치며 지나가는 사람에게서 보았던 축 늘어진 눈꺼풀이 거울 속에 비친 내 모습과 똑같은 그 서글픔을 쓴 것인데 너무 쉽게 읽힌다. 그러나 내용은 절대 쉽지 않다. 가슴이 아려오고 놀라운 공감을 불러온다. '그래, 나도 그런데'라며 독자는 작가의 감정 속으로 이입한다. 작가와 독자가 하나 되는 합일의 순간인 것이다.

나는 왜 사는가?
증명하고 싶었다.

정답은 아직 멀고
변명만 빼곡하다.

그래도 살아가는 동안
반복되는 물음이었다.

時時하다 詩詩하다 고쳐도 시시하다

웃던 일, 울던 일, 지내보니 그냥 그 일

허투루 살지는 않았다고 변명 하나 보탠다.

—「시시한 시詩」 전문

시시한 시詩는 '時時하다 詩詩하다 고쳐도 시시하다'의 時時, 詩詩, 시시, 3개의 동음이의어를 사용해 운율적인 것과 삶에 대한 진지한 정의를 내린 수작이다. '허투루 살지는 않았다고 변명

하나 보탠다' 또한 이 작품의 종장에서 언어의 묘미를 잘 살린
작품이다.

누구와 어떻게 관계하고 살았는가

언제 어디서 무엇을 하였는가

내 삶은, 내가 소통한 만큼
이어지는 선물이었다.

—「나에게 말 걸기」 전문

「나에게 말 걸기」는 단시조다. 45자 내외에 내 삶을 다 표현
할 수 있다는 것은 이 시인의 역량을 말해준다. 누구와→ 어떻게
→ 언제→ 어디서→ 무엇을 6하원칙 중 왜가 빠졌다. 그 왜는 살
았는가? 하였는가? 로 대신했다. 언뜻 보면 평범한 시조인데 나
에게 말을 걸 때 6하원칙에 의거 논리적으로 접근했다는 것이
다. 시인이 이 한 수를 쓰기 위해 얼마나 고심했는지 엿볼 수 있
는 작품이다. 이 작품을 통해 급기야는 나에게 말 걸기를 시도하
며 적극적으로 치유에 임하는 시점이기도 하다. '내 삶은, 내가
소통한 만큼 이어지는 선물이었다'라는 것이다. 자족하는 깨달
음보다 부족했던 지난날을 돌아보면서 시선은 따뜻해진다. 좀
더 너그럽게 살고 싶었고 가진 것을 나누며 살고 싶었을 것이라
는 시인의 성품을 짐작할 수 있는 작품이다.

2. 시인과 아바타

시적 화자는 자신을 반추해본 결과 아바타로 나를 대신해 세

우고 아바타를 통해 희망하는 세상을 엿보게 한다. 아바타가 역할을 대신하고 있지만, 자신의 실체를 바로 보고자 하는 것이다. 가면과 아바타는 어떻게 다를까? 작가는 왜 가면을 쓰지 않고 아바타를 세웠을까?

> 어느 날 거울 속에 비춰진 내 모습은
> 팔 하나 오그리고
> 발걸음 삐딱해도
>
> 얼굴이 조금 일그러져도
> 나는, 나는
> 울지 않아
>
> —「춤추는 아바타」 전문

시집의 제목이기도 한 「춤추는 아바타」는 '김상태 작가의 댄스 생활'이라는 부제를 달았다. 시인은 김상태 작가의 "댄스 생활"이라는 작품을 만나고, 작품 속 춤을 추는 듯한 사람의 모습을 작가가 간절하게 원하는 삶의 모습으로 보고 시인이 받은 감동을 시조로 표현을 하였다. 아바타는 '사이버 공간에서 사용자의 역할을 대신하는 에니메이션 캐릭터'를 말한다. 나를 대신해서 내밀어줄 얼굴, 어쩌면 자신이 원하는 의지의 표명일 것이다. 자신을 바로 알고 난 후에 자신이 세상과 마주하기 싫을 때 원하는 모습으로 세우는 아바타!

> 초라한 내 기분을
> 들키기 싫은 거야
>
> 웃음도 화장하고
> 언제나 새 옷 입고

그림자
보이지 않게
나타나는 주인공

-「아바타가 사는 이유」 전문

현실 세계에서는 가면을 쓰지만, 가상 공간에서는 자신의 취향에 맞는 감정표현을 나타내는 사진이나 그림을 아바타로 사용한다. 시적 화자는 지금 가상의 공간을 넘나들고 있다. 가상의 공간에서는 내가 직접 나서서 감정 소모를 하지 않아도 되고 변명하지 않아도 되고 형편이나 입장을 설명하지 않아도 된다. 상황에 따라 수많은 아바타를 소유할 수도 있고 원하는 모습으로 운용할 수도 있다. 그러나 작가는 자신의 생각을 꼭 닮은 아바타를 세워 현실에서의 극복 의지를 아바타를 통해 실현하고자 하는 것으로 보인다.

시에 있어 알레고리allegory는 '다른 것을 말함'이란 뜻이 있으며 풍유諷諭 또는 우유寓喩로 번역되기도 한다. 알레고리는 확장된 비유라고 정의할 수 있는데 그것은 표면적으로는 인물의 행위와 배경은 통상적인 이야기의 요소들을 다 갖추고 있는 동시에, 그 이야기의 배후에 도덕적, 또는 역사적 의미가 전개되는 뚜렷한 이중구조를 가진 작품이기 때문이라는 것이다. 이순자 시인의 작품에서 아바타의 출연은, 시적 장치로써 사회적 부조리를 고발하고 그 부조리로 인해 다친 인간성 회복에 목적을 두고 있다 하겠다. 인간성 회복은 우선 치유를 통해 회복할 내면을 의미한다. 치유를 필요로 하는 인간의 내면이 어떻게 흔들리며 그 흔들림을 어떻게 잡아줘야 하는지 아바타를 내세워 살피고 있다.

예쁘고 아름답고 그랬으면 좋겠어

꽃처럼 웃는 얼굴
볼수록 기분 좋은

언제나 늙지도 않고
당당하고 매력 있는

―「오늘의 아바타」전문

내가 주인일까 그것이 주인일까
그것이 주인이면 나는 무엇일까
목소리 나지막하게
소곤대듯 묻는다.

몸부림을 치면서 얼마나 헤맸기에
나는 나를 잊고서 잊은 줄도 모르고
저만치 떠난 세월 더듬어
내 이름을 부른다.

―「독백獨白」전문

　「오늘의 아바타」, 「독백」을 통해서 독자는 시적 화자의 내면을 엿볼 수 있다. 시적 화자는 아바타를 통해서 객관적 입장이 되어 자신을 돌아본다. 비로소 상처 입은 내면이 보이고 '아 그래서 여기가 상처였구나!' 제대로 자신과 마주하게 되는 것이다. 치유는 상처를 확인하고 제대로 처방할 때 이루어지는 것이다. 세상 사람들은 대부분은 자신들이 특별하지 않은 사람이라고 생각한다. 어쩌면 살아간다는 것은 수많은 관계와 관계 속에서 자신의 존재를 지켜내는 것만으로도 벅찬 일일 수도 있을 것이다. 시인은 얽힌 관계를 풀거나 관계가 얽히지 않도록 노력하며 살았을 것이다. 그런데도 살아간다는 것은 그리 녹록지 않은 일이기에 그 과정에서 받게 되는 상처를 가감 없이 드러내고 "나이렇게 아팠어요" 하며 상처의 치유과정을 공개하고 있다.

3. 시에는 치유의 힘이 있다

이순자 시인의 시를 읽다 보면 울컥하는 아픔이 전해온다. 참많이 아팠다. 무엇인지 모를 슬픔이 있다. 하지만 시인은 울지않는다. 그 어떤 고통에도 지치거나 무너지지 않는다. 시를 쓰고, 시를 읽으며 꿋꿋하게 이겨 나간다.

> 비 오는 추풍령에 발걸음을 멈춘다.
> 지천명, 그 세월 쉬어가는 바람인데
> 웃으며 내밀던 커피
> 쓴맛으로 남았다.
>
> 한 번도 단 한 번도 기대하지 않았던 길
> 때때로 그 고개를 따라가고 끌려가고
> 눈보라 길을 막던 날
> 사진 한 장 서 있다.
>
> —「추풍령」 전문

상처가 아물었다고 흔적마저 없어질까. 추풍령은 시인에게 아마도 아픔이 있는 기억의 장소인가 보다. 하지만 시인은 그곳을 외면하지 않고 맞닥뜨린 장면을 묘사하고 있다. 담담하게 상처의 흔적을 바라보고 있다.

> 이제 더 이상은 미워하지 않기로 한다
> 얼룩진 기억들과 남겨진 흔적조차
> 모두 다 경험으로 남기고

소멸시효 보낸다.

탈 없이 걱정 없이 산다면 재미없지
고난도 즐거움도 나타나고 사라지고
흘러간 세월의 언저리
모질고 아픈 성장통

-「어떤 인연」 전문

　시적 화자는 「어떤 인연」에 대해 말하고자 한다. 성장통인 것
으로 보아 그 인연은 이별의 아픈 기억이었을 것으로 추정되는
데 '탈 없이 걱정 없이 산다면 재미없지'라며 자신의 아픔을 객
관적으로 바라볼 수 있게 된 것이다. 시인이 자신의 경험을 장황
하게 설명할 수 없는 경우 전달 할 수 있는 방법은 비유다. 비유
는 직접적인 유혈을 막을 수 있고, 상처를 줄일 수 있고, 덜 공격
하게 된다. 상대방이 이해하기 쉽게 전달할 수도 있다. 「어떤 인
연」은 선험을 통해 얻은 결과를 과정을 생략하고 독자에게 고난
도 즐거움도 나타나고 사라지는 것이라고 말해주고 있다. 독자
는 실험과정 없는 백신을 맞게 된 것이다.

나의 머릿속에는 생각이 걸어 다닌다.
눈을 감고 누우면 말을 걸어온다.
어찌나 할 말이 많은지
밤을 새워 지껄인다.

길고양이 발소리는 자정을 지나가고
새벽이슬 밟으며 지저귀는 새소리
생각이 생각을 따라가고
물음표가 기어가고.

-「불면」 전문

시적 이미지를 창출하는 시인, 창조란 존재의 총계에 무언인가를 새롭게 보태는 일인데, 새로 보태지는 것이 시이며, 이 일을 행하는 사람이 바로 시인이라고 『문학 형태론』을 쓴 R.G 몰튼이 시인을 정의한 말이다. 이미 창조된 세계에 더 만들어 보태는 사람이 시인이라고 했으니, 창조주의 위임을 받은 제2의 창조주인 셈이다. 달리 말해 신과 인간 사이에 시인이 있는 것이다. 이순자 시인의 「불면」은 생각이 걸어 다니고, 생각이 내게 말을 걸고, 어찌나 할 말이 많은지 밤새 지껄이기도 한다. 길고양이 발소리가 자정을 지나가고 새벽이슬 밟으며 새들이 지저귀기도 한다. '생각이 생각을 따라가고/ 물음표가 기어가'는, 신과 인간 사이에 있는 시인만이 할 수 있는, 고통의 시간을 시인은 시적 언어로 창조하고 있다.

사랑은
미움도 원망도 포함한다.
사랑의 반대말은 무관심, 그 잔인함
분노는, 너무 힘들었어.
답답했던 나날들

미안해요, 용서해요, 고마워요, 사랑해요
어려운 말 아닌데 왜 그렇게 힘이 들까
이제는 말할 수 있어
사랑해서 미안해

―「사랑의 방정식을 풀다」 전문

용서할 수 있다는 것은 얼마나 다행한 일인가. 상처가 치유되니 마음이 열리고, 미움의 대상마저도 따뜻하게 품어 주고, 그토록 아득하던 분노의 골짜기에서 벗어나 탁 트인 세계로 나온 것이다. 용서를 받은 이도, 용서하는 이도, 긴 터널을 빠져 나와 후

련해진 것이다. '이제는 말할 수 있어, 사랑해서 미안해'는 시를 읽는 이도 가슴이 후련해지는 순간이다.

　　은행잎 되고 싶다
　　늦가을로 떨어지는

　　바람이 부는 날은
　　바람이 되고 싶다

　　서낭당
　　돌무더기에
　　돌멩이로 놓여도

　　　　　　　　　　　　　　　　　　　　　　－「이제는」 전문

　'바람이 부는 날은 바람이 되고 싶다'고 '서낭당 돌무더기에 돌멩이로 놓여도' 좋다고 흉터는 남았으나 자신의 상처가 치유되었음을 알린다. 시인의 개인적 경험이 어떻게 독자에게 다다라 간접 체험이 되게 하고, 시를 통해 내면이 치유될 수 있는가는 현재 진행 중이고 많은 성과가 기대되고 있노라고, 최근 박영주 교수는 「강호시조의 감성적 특징과 교육적 가치」 한국시조학회 제72차 전국학술대회 (2022.07.01.)를 통해 이같이 밝혔다. 이순자 시인의 시조 또한 자신을 치유하면서 독자에게 명약이 될 것으로 기대한다.

　시인은 아파서 꺼내 볼 수조차 없었던 상처를 어느 추운 날 편백 숲을 걷다 말고 내게 꺼내 놓았다. 그 사람이 그렇게 좋아하던 꽁치를, 시장을 지나치며 바라보는 것도 싫었던 그 꽁치를, 어느 날 시장에서 사다가 묵은지를 넣고 끓이고 있는 자신을 발견하고 한참을 혼자 웃었단다. '이제는 꽁치찌개를 끓여서 먹어도 될 만큼 상처가 아문 것으로 해석해도 되겠느냐'고 물어왔다.

> 내장을 들어내도 쓴맛이 남아 있는
> 그 생선 왜 먹는지 알 수가 없었는데
> 묵은지 밑동 잘라놓고
> 자글자글 끓고 있다
>
> 어물전 지날 때면 길게 누운 너를 보며
> 숱하게 살아나던 애증도 사위었나
> 아득한 편린(片鱗)이 되어
> 기억 속에 숨는다
>
> −「꽁치찌개」전문

「꽁치찌개」를 읽으면 아프지만 대견하다. 누구에게나 비껴갈 수 없는 아픔들이 있겠지만, 아득한 편린이 되기를 진심으로 바란다. 이제 치유가 시작되었으니 거칠 것이 무엇이겠는가? 그 아픔을 시로 내려놓고 바라보는 치유의 힘은 위대하다.

> 아침에 일어나서 새신을 신어본다
>
> 사랑스런 발가락 가지런히 들어가고
>
> 남보다 넓은 발볼이 주춤대며 앉는다
>
> 길들이지 않아서 조여드는 이 느낌
>
> 내딛는 발걸음이 처음처럼 서툴다
>
> 오늘은 낯선 거리로

천천히, 다시 천천히

―「새 신을 신으며」 전문

시인은 이런 날이 올 줄 어찌 알았을까? 새신을 신고 낯선 거리로 새 출발을 한다. 남보다 넓은 발볼이 주춤대며 앉지만 아바타가 아닌 자신의 발을 드러내고 조금 못났어도 사랑스런 발가락을 가지런히 넣어본다. 대견하다. 독자에게 용기를 주는 순간이다. '그래, 나는 다시 걸을 거야. 천천히, 다시 천천히……'

4. 연민으로 가득한 뜨거운 가슴

삶을 바라보는 시인의 눈은 참 따뜻하다. 그 따뜻한 시선은 자신이 꿈꾸었으나 이루지 못한 꿈을 향한 그리움을 포함한다.

개망초 그리다가 민머리 되어 가고
은빛 머리 빗질하는 눈 맑은 옆지기와
어느새 희수喜壽를 향해 가는
절룩이는 발걸음

굽이굽이 고갯길에 온갖 시름 떨구고
흘러간 사랑 노래 오후를 지나갈 때
리모컨 볼륨을 올리며
바람의 말* 듣는다

―「어느 화가의 방」 전문

「어느 화가의 방」은 온갖 시름 떨구고 흘러간 사랑 노래가 오후를 지나가고, 편안하고 아늑한 풍경 속에서 리모컨 볼륨을 올리며 시로 만든 노래를 들을 수 있는 행복한 공간이다. 시인은 그러한 소소한 행복을 꿈꾸었던 것은 아닐까?

할머니는 오늘도 파리채를 들고 있다

"개떡을 갖다 줘서 맛있게 잘 먹었소"

어쩌다 건네준 개떡 몇 개
"고마워서 어쩌나"

소녀처럼 웃고 있는 미수米壽의 눈가에는
감꽃이 떨어지고 모란꽃 활짝 핀다

"할머니, 건강하게 사세요"
"오래 사닝께, 심심혀~"

─「감나무집 할머니」 전문

　시인은 이웃집 할머니에게 개떡을 건네고 대화를 나누며 고맙다는 인사를 듣기도 한다. 이 시를 읽고 있으면 인상 좋고 볼이 발그레하고 키가 작은 할머니가 금방이라도 내 손을 덥석 잡을 것만 같다. 따뜻하고 편안하다. 그리고 재미있다. 어른이 읽는 동화, 어른이 읽는 동시조 같다. 시인은 조금씩 자신의 고통에서 벗어나 조금씩 밖으로, 이웃에게로 다가가고 있다. "오래 사닝께, 심심혀~" 이런 표현을 시조에 쓸 수 있는 시인이 우리나라에 몇 명이나 될까? 이웃집과 떡을 나누는 아주 평이한 전개는 종장의 이 두 걸음으로 인해 시조의 찐 맛을 살리고 있다.

여자라는 이유로 죄가 되는 운명은
불꽃 같은 사랑도 가둬버린 정신병원
다시는 세상 밖으로

나올 수가 없다는

울고 소리치고 편지를 띄워 봐도
세월의 수레바퀴 삐걱대며 굴러가고
무연고 주검 속에서
살아남은 그 이름

—「영화, 까미유끌로델」 전문

「영화, 까미유끌로델」은 '로댕을 사랑한 여자'라는 부제가 붙어 있다. 여자라는 숙명을 풀어내는 기제로 사용된 이 영화는 사실을 토대로 하였다. 어쩌면 영화 속 주인공 까미유를 자신과 동일시하여 자신이 무연고 주검 속에서 살아남은 이름인 듯 처연하게 읽힌다. 시인은, 절대 그럴 일은 없을 것이라고 생각하던 일로 울고 소리치고 몸부림치던 자신의 경험을 떠올리며 앉아 있을 것 같다.

당신을 바라보면 가슴이 먹먹해요

어쩌면 이렇게도 할 말이 없을까, 말줄임표 길게 찍고 '미안해요' 그 말뿐!
사랑을 말하고 싶지만 잘못한 일 하도 많아서

지나간 세월 모두다
초기화를 했으면……

—「엄마 옆에서」 전문

친정어머니의 일생을 연민으로 바라볼 수 있게 되는 「엄마 옆에서」는 시인뿐만 아니라 친정어머니가 있는 모든 여자가 가진 아픔을 대변하고 있다. 친정엄마가 건강하실 때는 딸과 친정어머니는 원수처럼 맞서기도 한다. 부드럽고 친절한 말이 오가는 것이 아니라 걱정하는 말도 모조리 송곳처럼 쏘아붙인다. 서로가 믿고 사랑하고 걱정하는 마음이 큰 탓일 것이다. 그러나 대화조차 제대로 할 수 없을 만큼 편찮으신 즈음에서 딸은 어머니의 인생이 마음 아파서 한마디 말도 할 수가 없는 것이다. 당신을 몰라줘서 미안하고, 당신을 위로할 수 없고, 엄마를 거역하고 맞섰던 날들에 대한 회한의 세월을 초기화하고 싶다고 표현한다. 얼마 남지 않은 친정엄마와의 남은 시간과 맞닥뜨린다면 모든 딸이 하고 싶은 말일 것이다. 친정어머니라는 존칭을 사용하지 않고 친정엄마라는 다정한 말을 시제로 사용해 안타까운 마음을 더한다. 시인의 시편들은 아프다. 그러나 공감할 수밖에 없는 뜨거운 언어들이다.

시대를 외면하지 않을까 염려가 되기도 했으나 「코로나19가 들려주는 말」, 「병원, 코로나19」, 「한가위, 코로나19를 이기는 법」에서 코로나19를 극복하기 위한 시인의 노력, 교훈, 사회 변화 등을 작품으로 표현했다. 코로나로 지친 사람들에게 위로가 되고 다친 마음을 치료할 수 있는 명약이 되었을 것이며 「노인 일자리」 등에서는 고령화 사회를 염려하는 시인의 마음도 엿볼 수 있었다.

전라북도 군산에서 태어나 익산에서 학교에 다녔고, 익산에서 이순을 넘긴 시인은 주변에 사는 사람들의 방언을 시로 잘 구사하는 시인이다. 어머니의 사투리, 이웃집 할머니의 사투리, 구수하고 정겹고 때론 눈물겹도록 그리운 방언을 잘 간직하고 소중히 사용하는 시인이다. 시어가 특별해야만 할 것이라는 편견을 깨준 시인이기도 하다. 쉽고 편안한 일상적 언어를 시어로 끌어

올린 익산의 시인, 앞으로 우리나라를 넘어 세계에 가장 쉬운 시어로 감동을 주고 상처받은 내면을 치유하는 시인으로 기억되기를 바란다.

난해한 시어와 꼬여버린 이미지를 풀어내다 지친 독자들에게 '시는 이렇게 쓰는 것이여!'라고 교과서적인 시집으로 이순자 시인의 시선집이 기억되기를 바라며 시인의 「소소한 운세」를 열어본다.

성급한 결론은 내리지 마십시오
반가운 소식이 올지도 모릅니다
주변을 잘 살펴보세요
후회하지 않도록

힘들다고 피하거나 외면하지 마세요
뜻하지 않은 일로 어려움을 만나도
언제나 바쁜 일상 속
스쳐 가는 한 생각

작은 일에 일일이 반응하지 마십시오
그 어떤 고통도 경험으로 지나가고
기회는 꼭 찾아옵니다
포기하지 마세요

—「소소한 운세」 전문